Deckung: :   Der Autor.

2   *Gesichter*

Vom gleichen Autor :

(E-Books & Papierversion)

- Somewhere in Vladivostok
- Harcèlement   (éd. BOD)
- Harassment   (éd. BOD)
- Acoso   (éd. BOD)
- Neith (La mystérieuse Nubienne)   (éd. BOD)
- The Nubian (The mysterious Neith)   (éd. BOD)
- Les macarons   (éd. BOD)
- La veuve PLYNN   (éd. BOD)
- Instants ultimes   (éd. BOD)
- Que dire de plus ?   (éd. BOD)
- Cousine !   (éd. BOD)
- Tu n'es pas la femme de l'homme
        que je suis   (éd BOD)
- The day after in London   (éd BOD)
- Londres : le jour d'après   (éd BOD)
- Ma dernière nuit en Sibérie   (éd BOD)
- My last night in Siberia   (éd BOD)
- Facettes   (éd BOD)
                (www.bod.fr)

Gesichter

« ... Die Begegnung ist das Abenteuer, bei dem das Subjekt aus sich herausgeht, um zu sich selbst zurückzukehren, erwachsen oder beunruhigt. ... »

Leslie Morel

GESICHTER

Gedanken.

6   *Gesichter*

Am Anfang ….

Es spielt keine Rolle, ob es ein Mann oder eine Frau ist, die Sie auf dieser Straße, auf diesem Boulevard, in dieser S-Bahn, auf einem Flughafen oder auf diesem Platz treffen, mitten am Tag, ein wenig zufällig, an dem Tag, an dem Sie in Gedanken, entspannt oder beschäftigt, in Eile oder lässig, nach Lust und Laune spazieren gingen.

Ein an sich banales Ereignis.

Zwei von derselben Dynamik getriebene Individuen, die einander begegnen, ohne sich der Existenz des einen und des anderen bewusst zu sein, bis genau zu dem Zeitpunkt, an dem sich unerbittlich zwei Universen sich unerbittlich durchdringen und so diese private Blase bilden, deren Existenz zeitlich begrenzt sein wird (die Zeit der die Zeit die Kreuzung) und in der alles, was vom Anfang bis zum Ende geschehen sein wird, unumkehrbar sein wird.

Zwei singuläre Universen, die vermitteln unterschiedlichen Farben und Gerüchen oder in perfekter Harmonie vermitteln, die es uns ermöglichen, Schnittpunkte zu identifizieren, die das Ergebnis des reinen Zufalls oder die Illustration eines Paradoxons sind (diese beiden, die im Begriff sind, sich zu kreuzen, haben nichts gemeinsam) und die in keiner Weise das vorwegnehmen, was einige als "schöne Begegnung" bezeichnen könnten, wenn man diese beiden Universen vergleicht, die zufällig zusammengebracht wurden.

In diesem besonderen Kontext, plötzlich, ohne zu wissen, warum, unter den hunderten Gesichtern, der Blick einer Person hängt an Ihrem bis zu dem Punkt, um Ihre Aufmerksamkeit zu ziehen.

Was könnte uns drängen, diese "visuelle" Begegnung gegen alle Widerstände zu akzeptieren und uns freiwillig in diese fesselnde und geheimnisvolle private Blase einschliessen zu lassen, eine Blase, deren Lebensdauer von dem Rhythmus abhängt, der von unseren Schritten verhängt ist, die bis zum Treffen auf den aufeinander zu gehen?

Auf den ersten Blick nichts.

Denn wie können wir uns nicht in einem öffentlichen Raum frei fühlen, in dem das Prinzip unserer Freiheit unveräußerlich ist?

Als ob unser Blick gegen unseren Willen plötzlich auf ein Gesicht verriegelt ist, für das erste Mal gesehen und das in der ersten Analyse keine der Besonderheiten der Normen vorhanden, und die uns bewegen könnten.

Also, auf den wenigen Metern zum Durchblättern, bevor wir einander begegnen, sind wir in dieser Blase für eine Reise ins Unbekannte, um den anderen zu entdecken, bereit, ein Universum zu durchdringen, das uns ein paar

Gesichter

Sekunden früher unbekannt ist.

Nacheinander erscheinen wie ein Kaleidoskop, das sich vor einem hellen Punkt dreht, so abwechselnd die bunten Facetten dieses Mosaiks von Ethnien liefert, nach dem Zufallsprinzip, Zorah, Pietro, Fatoumata, Edwige, Thierry, Pascaline, Lara, Ahmed, Lucie, Meryem und viele andere, die es nicht geschafft hätten, uns zu fesseln.

ZORAH

Etwa dreißig Jahre alt, nicht sehr groß, lange Haare krause EbenholzFarbe, gebunden wie ein Pferdeschwanz mit einem schwarzen Samtband, dünne perlrosa Lippen, dunkelgraue Hose, eine parma farbe Bluse, ein hellgrauer Blazer, rote Ballerinas.

Die neu benannte Kinderrichterin spaziert durch diesen von Bäumen gesäumten und blühenden Park.

Trotz einer sehr wichtigen Arbeitsbelastung und überwältigenden Verantwortung, Zorah auferlegt sich täglich, dieser Moment der Entspannung, ermöglicht es ihr, die es ihm ermöglicht, seinen Geist zu entleeren, und versuchen, eine notwendige Gelassenheit finden (der Nachmittag verspricht, ermüdend zu sein), durch diesen Spaziergang in dieser grünen Umgebung, beruhigend.

Harter Morgen.

Ein Dutzend extrem schwieriger

vorladungen. Angespannte Gesichter von multi-rezidivistischen Minderjährigen vor ihr, Zorah, eine Kinderrichterin, beleidigt, mit dem Tod bedroht, manchmal mittellos angesichts dessen, was sie für das, unannehmbarste hält, was existieren kann, wenn man ihre Autorität als Richterin angreift, wenn man die Funktion, die ihr gehört und für die sie so viele persönliche Opfer gebracht hat, um sie zu erreichen, mit Füßen tritt.

Durch die Entscheidung, Jura zu studieren, um Richterin zu werden, fühlte sie sich jedoch bereit, sich der Welt zu stellen, die sie während ihrer Praktika in den Büros der Richter, die sie als Praktikantin aufgenommen haben, erblicken konnte.

Aber einmal auf sich allein gestellt (mit ihrem Status als Richterin für Kinder, ein Status, der ihr befiehlt, die notwendige Distanz zu beobachten, um vor diesen Minderjährigen zu sein, der Richterin und nicht die Mutter von zwei Kindern, deren Ausbildung sie wie Milch im Feuer überwacht), war sie weit davon entfernt, um sich das volle Ausmaß der Folgen dieses "sozialen Zusammenbruchs" auf allen Ebenen der Gesellschaft vorzustellen, beginnend mit dem Rücktritt der Eltern angesichts der Erziehung ihrer Kinder.

Seit Beginn ihrer Karriere als Kinderrichterin hat sie sich immer wieder über den Zweck ihrer Funktion befragt.

Wenn die Funktion des Kinderrichters darin besteht, im Rahmen der pädagogischen Unterstützung von minderjährigen Gefährdeten einzugreifen, Minderjährige, denen vorgeworfen wird, Verbrechen begangen zu haben, aufzuklären und vor Gericht zu stellen, was ist dann mit den nachgewiesenen Fällen von Eltern, die versagt haben oder sogar die zurücktreten sind?

Wie können wir im Vorfeld vorgehen, um die Produktion all dieser schweren Fälle von minderjähriger Kinder treiben in großer Untergang, und um zu verhindern, dass das Büro des Richters zu einem Schüttwerk all dieser soziale Fälle wird, die von der Gesellschaft produziert werden, die sie ablehnt?

Würden die Methoden, die in den Magistratsschule gelehrt werden, ähnlich denen in medizinischen Schulen, die Schüler lehren, eine Krankheit nach den Symptomen zu identifizieren und die besagte Krankheit zu behandeln, indem sie sich auf die Behandlung von Symptomen konzentrieren, die in der Tat sind, (oder vor allem), sichtbare Anzeichen oder die Folgen von indirekten Funktionsstörungen?

Warum ist der globale Methode nicht die Doktrine? Warum wird es auf Kosten der Gewissheit ausgelassen, dass jede schädliche soziale Situation kann niemalsnachgelagert entstehen stromabwärts all diesen nicht unbedeutenden Teil der Gesellschaft, die die Büros der Richter ausfüllt ?

Der globale Ansatz, der auch durch den Begriff eines integralen Ansatzes definiert wird, "erkennt an, dass ein sehr wichtiger Teil der Schwierigkeiten einer Person das Produkt menschlichen Handelns ist, das ihr fremd ist."

Für sie, auf ihr Feld der Vorliebe, angewendet, ist dieses fremde menschliche Handeln (das die dramatischen Folgen verursacht hat, die sie jeden Tag in ihrem Büro sehen kann), nämlich der Rücktritt der Eltern angesichts ihrer Verantwortung, ihre minderjährigen Kinder zu erziehen und ihnen zu helfen, über jeden Zweifel erhaben.

Diese Eltern, die sich von ihren Pflichten als Erzieher befreien, indem sie bedenken, dass ihre Aufgabe als Erzieher dort endet, wo die Aufgabe des vom nationalen Bildungsministerium offiziell eingerichteten und umgesetzten Bildungssystems beginnt.

Sie fühlen sich "leichter", indem sie den wesentlichsten Teil ihrer Verantwortung für die nationale Bildung loswerden, deren Mission es nicht ist, die Begriffe des Respekt, Höflichkeit, moralischer Integrität , ..., zu vermitteln.

Wären sie feige, wenn sie auf die nationale Bildung, die Verantwortung, die sie nicht übernehmen, für ihre eigenen Kinder projizieren?

Zu ihrem Verdienst, wie viele Eltern sind wirklich verfügbar und bewaffnet, um mit den Folgen der Desintegration der Gesellschaft, in der wir leben, in einer Gesellschaft, in der nichts an seinem Platz ist, in der nichts mehr wichtig ist, in der nichts sieht mehr so aus nah oder fernverbannt der guten alten Moral, die einst (vor nicht allzu langer Zeit) den Geist der Männer und Frauen bewohnte ?

Es gab eine Zeit, wann ein schönes Auto auf der Straße geparkt wurde, es war das Objekt der grenzenlosen Bewunderung von aller. Die Menschen näherten sich nicht in der Nähe, ihre

Hände fast hinter dem Rücken, aus Angst, es zu berühren, um es nicht zu beschädigen.

Heute ist seine Karosserie bestenfalls mit einem Metallobjekt zerkratzt, im schlimmsten Fall wird es zerstört, gestohlen und verbrannt.

Was tun mit hoffnungslose Fällen?

Anrufung des Heiligen (der Schutzpatron der verzweifelten Sache) jeden Morgen vor Beginn der Anhörungen?

Zweifel sind erlaubt: Der Unterricht der christlichen Nächstenliebe ist nicht Teil des Lehrplans, der zum Beruf des Magistrats führt.

Also, wenden das Gesetz in all seiner Strenge an, indem Sie die Erfüllung der Pflicht erfüllen, indem Sie die Unvollkommenheiten der Gesellschaft beseitigen und damit alles beseitigen, was übersteigt und Unordnung schafft?

Nachsicht zu zeigen, indem man zuerst gegenüber der Mutter der Familie (deren Leben ein permanenter Alptraum ist), völlig beschädigt und überwältigt von Ereignissen, und für die , die harte Entscheidung eines Richter würde nur das Gefühl wieder aufleben lassen, in ihrer Rolle als

Mutter versagt zu haben?

Was ist mit den Institutionen (von denen die Schule der Eltern fehlt abwesend ist) und den Begleitmaßnahmen im Katalog, die der Kinderrichterin zur Verfügung gestellt werden, damit sie "ihr Bestes geben" kann?

Eine zweite Chance? Eine dritte Chance? Ein viertes, ein Fünftel? Wie geht es weiter? Wie weit würde es dauern, eine Rettung zu versuchen, wenn alle Lichter zu Scharlachrot gegangen sind?

Da das menschliche Gehirn nicht auf die gleiche Weise wie die Festplatte eines Computers zurückgesetzt werden kann, wie neuprogrammieren wir den Multi-Rezidivisten, um ihn wieder auf den Weg zum Erfolg zu bringen und seiner Erlösung teilnehmen?

Zorah kann der ständigen Befragung, die sie in sich trägt, wie eine Last nicht entkommen, auch wenn in dieser grünen Umgebung, die mit Vogelgesang verschönert ist, die Gelassenheit, die sie zeigt, und ihre Loslösung nur die Zeit einer Mittagspause dauern kann.

Persönliche Notizen

Persönliche Notizen

PIETRO

Piétro sieht überraschend erweise Dick Rivers aus und ist ein gemischtgewebtes Kind eines französischen Mutter und eines kolumbianischen Vaters, ein ehemaliger Radprofi, der sich seit vielen Jahren in Frankreich niederließ.

Eine Familie ohne Probleme der Region Nantes, in der sich die Harmonie allmählich niedergelassen hat, um Kinder in einem gesunden und ruhigen familiären Umfeld zu erziehen.

Piétro ist Teil eines Geschwisters, (bestehend aus zwei Mädchen und drei Jungen), in dem er an dritter Stelle steht.

Sein Kommen in die Welt überschattete die Existenz der beiden Schwestern, die ihm vorausgingen, eine Geburt, die durch seinen Status als erster in der Familie geborener Junge richtig aufgenommen wurde.

Trotz seines Status, der ihm exorbitante Rechte als Kinderkönig eröffnete, war Pietro ein Musterkind, ruhig, gehorsam, aus vermeiden schlechte Begegnungen, erfolgreich in seinem Studium, das ihn dazu brachte, ein Ausbildung, und erhalten ein Zertifikat von Senior-Techniker in der Hotellerie, Küche Option.

Nach mehreren Praktika in renommierten Hotelbetrieben konnte er seinen geheimen Traum vom Umzug in die Vereinigten Staaten von Amerika enthüllen.

Jeder kann sich die lange Abenddiskussion in der Familie gut vorstellen.

Ein echtes Erdbeben.

Schließlich gelang es ihm, seine Eltern davon zu überzeugen, ihn seinen amerikanischen Traum leben zu lassen.

In der Geheimhaltung ihres Schlafzimmers setzten die Eltern viele Male spät in der Nacht hitzige Diskussionen über das Projekt ihres Sohnes Pietro fort.

Der Vater (der dieses fast obsessive Gefühl, die Familie zu verlassen, um sich woanders niederzulassen und den Traum von einem anderen Leben zu leben, gut kennt, weiß mehr als jeder andere, wie sich sein Sohn Pietro (der erstgeborene Mann unter seinen Kindern) fühlt.

Die Mutter, die viel mehr in ihrem Land in Nantes verwurzelt ist, glaubt, dass Frankreich, das große Land der Gastronomie, groß genug ist, um ihrem Sohn zu erlauben, sein Glück in der Ausübung seines Berufes als Koch zu finden.

" Niemand wartet dort auf dich, mein Sohn."

Sie wiederholte diesen Rat mehrmals an ihren Sohn mit Tränen in den Augen, mit der heimlichen Hoffnung, dass er seinen Plan, in die Vereinigten Staaten zu ziehen, aufgeben würde.

In dem Versuch, die Sorgen seiner lieben Mutter zu beruhigen und seine Entschlossenheit zu bekräftigen, sein Projekt fortzusetzen, ist sein Lieblingsargument die Empfehlung von St-Exupéry:

" Machen Sie Ihr Leben zu einem Traum und, aus einem Traum eine Realität. "

Trotz der tiefen Bedeutung dieses Satzes,

gegen den es fast nichts zu beanstanden gibt, außer der dringenden Notwendigkeit, alle an die Verantwortung zu erinnern, unser Leben im besten Interesse unseres Lebens zu führen, die klugen Bitten und Ratschläge, die von einer vorsichtigen und besorgten Mutter kommen, in Ermangelung der Unterstützung ihres Mannes, der im Gegenteil , drängt seinen Sohn weg, um seinen amerikanischen Traum zu leben, Piétro landete an einem Herbstmorgen in New York, einer Stadt, in der er vage einen Konditor-Kumpel kannte, der ihm die Reize dieses Teils der Welt gepriesen hatte, in dem, wie es scheint, jeder in Fülle und Freude lebt und gedeiht.

Sein amerikanischer Traum kann dann ohne Verzögerung beginnen, denn (immer scheint es) reicht es, Bücken Sie sich einfach zu beugen, um Vermögen anzuhäufen.

Drei Monate später ist er wieder zu Hause, sehr zur Zufriedenheit seiner Mutter und zur Verzweiflung seines Vaters.

Seine Rückkehr nach Hause ist die Folge seines plötzlichen Bewusstsein, dass es besser ist, ohne Illusion zu leben, um nicht in Ernüchterung verloren zu gehen.

Die vielen Bitten seiner Mutter, die Unvorbereitung seiner Reise, die Ungenauigkeit seiner Ziele, die vergeblichen Erwartungen an etwas, das lange auf sich warten lässt oder das wird niemals kommen, beginnend mit dem Erhalt des H-1B-Visums, haben schließlich Zweifel säten an seiner Fähigkeit, in einem Land zu bleiben, in dem niemand ihn erwartet, in einem Land, in dem man Vermögen machen, nicht ausschließlich ein Traum ist .

Da wusste, dass Zweifel zur Weisheit führt (nach Henri-Frédéric Amiel), und dass Weisheit die Tugend hat, Illusion unter ihrem "besten" Profil darzustellen, um nicht länger mehr zu täuschen und zu vermeiden, unseren Weg zur Ernüchterung fortzusetzen, Piétro verstand dass es keinen Sinn hat, an seinem Willen festzuhalten, ein Vermögen weit weg von Hause machen, und dass es an der Zeit war, diesen Traum zu betrauern, der seine Vorstellungskraft eine Weile bewohnt hat. , beraubte ihn seiner Unterscheidung und zwang ihn, die Weisheit seiner Mutter zu ignorieren.

Wenn Ertrinken unvermeidlich ist und wir nur das Wasser das uns umgibt haben, um uns zu halten, können wir vernünftigerweise beurteilen, dass die Tatsache, unseren Wunsch aufzugeben, uns ins Wasser zu werfen, als Mangel an Mut oder im Gegenteil, es als einen Akt des Mutes zu betrachten?

Persönliche Notizen

Persönliche Notizen

FATOUMATA

Fatoumata spaziert nonchalant durch die überfüllten Gänge des Marktes in diesem beliebten Viertel von Paris.

Ihre Lippen sind indigoblau lackiert. Was ihr Gesicht charakteristisch macht.

Seine Rückreise nach Afrika nahe ist.

Um nicht mit leeren Händen zurückzukehren, kommt sie, um die neuesten Schönheitsprodukte zu sammeln, die von den Frauen seines Viertels in seinem Land bestellt wurden, Produkte, die ein echtes Vermögen in den lokalen Geschäften kosten, mit dem Risiko von Fälschungen, die ernste Gesundheitsprobleme in der Bevölkerung verursachen, Probleme, vor denen die Behörden machtlos sind.

Die reichsten von ihnen, Nutzung seine Dienste in Paris zu finden, diese Schönheitscreme Gläser die die Haut des Gesichts und ihres Körpers sollen aufzuhellen, diese Lotionen für krauses Haar wahrscheinlich, um sie seidiger zu machen, etc ... .

Eine echte Geschäftsfrau, die sechs Monate in Europa und sechs Monate in ihrem Heimatland lebt.

Sein Beruf verpflichtet ihn, ihr Leben auf diese Weise zu organisieren und ihre Zeit zwischen zwei Kontinenten zu verbringen.

Fatoumta eine Heiratsvermittlerin ist.

Die realistischste Definition dieses wenig bekannten Berufes, der die Menschen die meiste Zeit zum Lächeln bringt, ist:

" *Eine Person, die zwischen einem Mann und einer Frau interveniert, um sie einander näher zu bringen und den Abschluss einer Ehe zu erleichtern.*"

Dieser Beruf wurde ihr nach der bitteren Beobachtung über die Haltung einiger Mädchen in seinem Land und anderen Ländern des afrikanischen Kontinents aufgezwungen, gezwungen, eine bessere Zukunft zu suchen, indem sie alles notwendige Tun, um einen Verlobten zu finden, dann einen Ehemann europäischer Herkunft, und damit dem Elend entfliehen, um ein Lebensumfeld, im Einklang mit dem Traum jedes Mädchens, glücklich zu sein zu schaffen. Recht einfach.

Wer kann ihnen die Schuld geben, wenn wir beobachten, dass das Leben jener Tausenden von jungen Mädchen, die keine andere Wahl haben, als in ihrer Nachbarschaft zu vegetieren, Abenteuer ohne Morgen mit Männern zu leben, die durch die Gnade einer sehr langfristigen Arbeitslosigkeit auf ihren einfachsten Ausdruck reduziert werden, ohne Aussicht auf die Zukunft für die meisten von ihnen, die sonst, nicht in der Lage sind, die Verpflichtungen des Menschen zu erfüllen, um die grundlegendsten Bedürfnisse seiner Frau zu erfüllen.

So folgen sich zufällige Schwangerschaften in rasendem Tempo, Kinder ohne Unterbrechung machen, Kinder, die bei Großeltern landen (im besten Fall) oder verurteilt, dazu verdammt den ganzen Tag über mit dem Schlimmsten auf den Straßen zu wandern und ihre Gsundheit verpfänden und ihre Zukunft untergraben wird.

Herzzerreißend für Fatoumata. Vier ihrer Nichten und Neffen leben in seinem Haus, völlig abhängig von ihr.

Gesichter

Aus dieser Beobachtung hat Fatoumata die Entscheidung getroffen, die Dinge zu ändern. Es ist, als wolle man das Meer mit seinem Teelöffel leeren.

Sie wiederholt gerne den bekannten Satz: "Unmöglich ist nicht Französisch."

Also zog sie in den Krieg gegen das, was sie als "ewige Blutung der Zukunft" betrachtet, sie beklagt diese Zukunft, die vor dem Bestehen verschwindet.

Was dem vorzeitigen sozialen Tod all jener jungen Mädchen gleichkommt, die von Charmante Prinz mit allem träumen, mit allem, was sich darum dreht.

Wie viele dieser jungen Mädchen (die nicht mit einem silbernen Löffel im Mund geboren wurden), können ruhig auf die Ankunft dieses Vorsehungsmannes warten, der diesen Namen verdient, der ihnen die glänzende Zukunft geben kann, von der sie träumen?

Welche Veranstaltungen, um welche Ambitionen zu erfüllen?

Ein Europäer, der seinen Urlaub, in

einem Buschtaxi getroffen? Ein Mitglied der Diaspora im Urlaub in dem Land von der Familie angesprochen? Ein wenig Hilfe von der Vorsehung für eine zufällige Begegnung auf der Straße oder am Strand?

Welche Garantie für sie, dass dieses zufällige Treffen am Strand oder in einer Open-Air-Bar zu einer ernsthaften Beziehung führen könnte, die die beiden Liebesvögel vor dem Bürgermeister führen könnte, und die Abfahrt in Richtung Eldorado ?

Wie können wir das katastrophale Bild dieser jungen Mädchen auf der Suche nach glück auslöschen und versuchen, ihren Weg zu dem Glück zu finden, das sie so neidisch macht?

Vorbeifahrende Touristen, oder Mitglieder der Diaspora Zurück zu Hause gegenüber diesen jungen Mädchen mit hellen Augen des Neids, alle sind in dieser falschen menschlichen Beziehung, in der, jeder wird versuchen, das Beste aus dem Treffen zu seinem / ihrem exklusiven Gewinn zu machen.

Manchmal zwingt Cupidon das Schicksal. Alle sind glücklich und feiern das Glück. Sie bereiten die Reise in andere Himmel vor. Am

Flughafen gibt es weinende Augen, lächelnde Lippen. Im Moment des Abschieds mischten sich Freuden mit Traurigkeit: eine Mutter, die um den Abschied ihrer Tochter trauert, eine kleine Schwester, die über die Idee lächelt, bald in Europa der großen Schwester beitreten zu können,..

Gegen alle Widrigkeiten zum Trotz wendet derselbe Amor manchmal vorgeblich den Kopf ab, was dazu führt, dass die fortschrittlichsten Hochzeitspläne kläglich scheitern und jede Aussicht auf die Zukunft im Keim ersticken.

Also, wieder einmal, das Herzschmerz in der Zeit des Abschieds: leere Versprechungen in der Lobby des Flughafens (Schatz, ich komme bald wieder). Manchmal, für die sorglosesten und für die rücksichtslosesten in der aktuellen Zeit mit dem AIDS, unerwartete Geschenke von Besuchern, dass sie nie wieder sehen werden.

Fatoumatas Idee ist einfach: das Schicksal zu erzwingen, auch wenn die Zukunft in dieser Angelegenheit nicht einfach zu handhaben ist.

Sie wiederholt diesen Gedanken von Dona Maurice ZANNOU gerne an die jungen Mädchen, die kommen, um um Rat zu fragen:

" *Es gibt kein Ganzschicksal ausgelegt. Schmiede dein eigenes Schicksal durch deine Wahrnehmung, durch deine Teilnahme, durch deine Entschlossenheit und durch deine Selbstlosigkeit.* »

Im Wesentlichen erklärt sie ihnen, dass die Wahrnehmung dieser Zukunft, von der sie träumen, nicht etwas Abstraktes sein oder bleiben sollte.

Die Teilnahme am Aufkommen dieses ersehnten Glücks sollte eine harte Entschlossenheit erfordern.

Alles, was zum Leben erwacht, wäre wie der Samen, der sich in der Erde zu zersetzen beginnt, bevor er seinen Keimzyklus beginnt.

Mit anderen Worten, ohne etwas von der Vergangenheit oder dem soziokulturellen Umfeld, zu dem sie gehören, zu leugnen, müssen sie in der Lage sein, die Adhäsionen (aus diesem soziokulturellen Kontext) loszuwerden, die sie bis jetzt in einer emotionalen und wirtschaftlichen Abhängigkeit gehalten haben. Denn dies könnte ihre Wahrnehmung verzerren und ihre Entschlossenheit behindern, die richtige Haltung einzunehmen, um ihr Lebensprojekt zu erreichen.

An der Spitze eines beeindruckenden Netzwerks von Nachbarschaftsmüttern, das es ihr ermöglicht, die Mädchen, die kandidaten für die Ehe sind zu lokalisieren, Fatoumata nach und nach einen Katalog potenziellen Verlobten aufgebaut.

Dank der sozialen Netzwerke und ihrer Aufenthalte in Europa engagiert sie sich in einer methodischen Propektion in der Diaspora, um den Wunsch zu wecken, die Mädchen des Landes zu heiraten.

Sie möchte, dass die Mädchen des Landes in der vorrangig zu den Männern des Landes zurückkehren.

Für sie kann es nur eine Quelle der Stabilität sein, jeder versteht den anderen mühelos die Gewohnheiten und Bräuche des anderen zu meistern, all dies kann helfen , die idealen Bedingungen für einen perfekten Zusammenhalt innerhalb des zukünftigen Paares zu schaffen .

Persönliche Notizen

Persönliche Notizen

EDWIGE

In diesem späten Nachmittag des März, im Fluss der Arbeiter auf dem Weg nach Hause nach (für die meisten von ihnen), nach ein Tag harter Arbeit, Edwige, 26 Jahre alt, mit durchdringende, smaragdgrüne Augen, rote Haare, Piercing auf das linke Nasenloch, eine Vielzahl von Armbändern an den Handgelenken, die Klickgeräusche machen, bei jedem Schritte , wenn sie voranschreitet.

Sein Beruf : Leserin in einer großen Verlagsgesellschaft.

Besondere Zeichen: Sie versuchte dreimal, Romane zu veröffentlichen, einige Jahre bevor sie ihr Amt in dem Verlag antrat, seit drei Jahre lang beschäftigt.

Aktueller Geisteszustand: große Frustration.

Manchmal entfaltet sich der Lauf des Lebens auf beunruhigende Weise.

Edwige, die für einen Moment (in ihrem jungen Leben) glaubte, das Manuskript des Romans des Jahres geschrieben zu haben, und die ihre Träume als bekannte Schriftstellerin sah, Autogramme auf den Buchmessen geben, wegfliegen, findet sich (durch einen merkwürdigen Zufall) jetzt in der Position derer wieder, die die Fähigkeit haben, den Regen und das gute Wetter zu machen, um das Schicksal zukünftiger Schriftsteller zu beeinflussen.

Nachdem sie bei ihren Versuchen, ihr Manuskript zu veröffentlichen, abgelehnt worden war, hatte sie viel Zeit damit verbracht, dem, an den, der sein Manuskript abgelehnt hatte, das Schlimmste zu wünschen und ihr damit eine vermeintliche zukünftige Herrlichkeit zu nehmen.

Daher betrifft, seine Befragung die Fähigkeit einer Person, die noch nie einen Roman geschrieben hat, sich dagegen die Existenz und Anerkennung aufrichtiger, mühsamer und nützlicher Arbeit zu wehren.

Aus dieser Befragung ergibt sich ihre Überzeugung, dass ihre Position in diesem Verlag durch ihre Kenntnis der Mechanismen des Schreibens legitimiert wird, die es ihr ermöglichen, über die Veröffentlichung eines

39

Romans zu entscheiden oder nicht.

Sie hatte Blut und Wasser geschwitzt, um ihr Schreibprojekt zum Erfolg zu bringen.

Sie weiß, was die Trance des Schriftstellers ist. Sie kennt die Schmerzen vor dem leeren Blatt. Sie hat (zu ihrer Zeit) viele Male, diesen Beginn des Unbehagens gespürt, wenn der Körper dem Schriftsteller befiehlt, nicht mehr zu schreiben, um sich selbst zu ernähren. Sie weiß alles über den Gemütszustand des Schriftstellers von A bis Z.

Ja!

Dennoch ist Zweifel an seiner Objektivität bei der Ausübung seines Berufs als Manuskriptleserin erlaubt.

Dieser Zweifel rührt daher, dass die menschliche Seele Ressentiments nicht so leicht loswerden kann, Ressentiments, die sich selbst als den Geisteshaltung dessen definieren, wer sich mit Feindseligkeit an das Unrecht erinnert, unter dem sie/er gelitten hat. Dies erzeugt einen anhaltenden Schmerz, der nagt und die Einsicht verdunkelt.

Wie könnte man logischerweise glauben, dass Frau Edwige ein Manuskript empfehlen könnte, das sie diagonal gelesen hätte und das sie ständig mit seine eigene verglichen hätte, indem sie es in ihrem inneren Selbst verunglimpfte, sich selbst als oberste Richterin in diesem intimen Gericht ihres Gewissens etablierte, heimlichGeheimhaltung und ohne Berufung die Manuskripte, die jeden Morgen auf ihrem Schreibtisch deponiert werden, verurteilte ?

Wie viele gute zukünftige Schriftsteller sind also unter der Diktatur von Miss Edwige durch die Risse gefallen, wenn sie nicht die gute Idee hatten, sich parallel an andere Verlage zu wenden?

Eine solche Situation erinnert unheimlich an einen Interessenkonflikt.

Fräulein Edwige steht jedes Mal im Mittelpunkt einer Entscheidung, bei der ihre Objektivität und Neutralität in Frage gestellt werden kann und ihre Position gekostet hätte, wenn sie die sukzessiven Ablehnungen ihres Manuskripts während ihres Vorstellungsgesprächs nicht erwähnte.

Es ist mehr als wahrscheinlich, dass die Position ihr entgangen wäre, wenn sie die

41

Ehrlichkeit gehabt hätte, darüber zu sprechen.

Wer kann ihr die Schuld geben?

Wer ist schuld?

Der Leiter der Personalabteilung, die ihr nicht die richtigen Fragen stellen konnte, um ihren Geist in ihrer intellektuellen Funktionsweise zu prüfen?

Oder sie selbst, die sich in diesen Jahren in seiner Funktion des Leser, nicht durchsetzen wollte oder konnte nicht diese notwendige Distanzierung befolgen wollte, die von der Ethik gefordert wurde, die die unfehlbare Anwendung moralischer Prinzipien bei der Ausübung ihrer Funktion als Leserin beinhaltet?

Gibt ihr diese jubelnde Zensur, die sie in dieser unorthodoxen Berufsausübung verhängt hat, von außen betrachtet die Gewissheit, dass sie etwas Nützliches tut, indem sie diese angehenden Schriftsteller im Stich lässt?

Nützliche Arbeit in was?

Vermutlich in seinem Kopf pervertiert durch einen unbändigen Rachewillen, die

Gewissheit, dass es der Welt der Literatur besser gehen würde ohne jene Menschen, die behaupten zu schreiben, Romane zu schreiben, und die ihrer Meinung nach kein Talent haben.

Verschwinden Sie!

Vorbereitung sein Aufkommen in diesem sehr geschlossenen Umfeld, in dem es so viele Angerufene und wenige Gewählte gibt.

Persönliche Notizen

Persönliche Notizen

THIERRY

Paris, Anfang Dezember, 6 a.m.

Es ist kalt. Es ist sehr kalt. Die Luft friert

Auspuffrohre von Autos rauchen. Die warm gekleideten Passanten auf dem Weg zur Arbeit, eilen in die U-Bahn-Münder.

An der Kreuzung von Turbigo Street und Réaumur Street, gegenüber der U-Bahn Arts et Métiers, macht der Müllwagen Halt und zwingt Autos, sich mit der Geschwindigkeit der Müllabfuhr vorwärts zu bewegen.

Dahinter springen zwei Müllsammler von den Stufen auf beiden Seiten des Lastwagens. Und in einem millimetergenau endenden Ballett schnappen sie sich die Mülltonnen und klammern sie an das Hebegerät, das sie in den großen Müllsammelbehälter wirft. Sekunden später werden die Mülltonnen auf dem Boden deponiert, von den Gelenkarmen des Geräts befreit, und die beiden Müllsammler positionieren sie vor den Gebäuden neu.

Gesichter

Klassische Szene des Sammelns von Hausmüll.

Also, so weit, nichts Besonderes.

Einer der beiden Müllsammler heißt Thierry.

Er stammt aus Burgund, genauer gesagt aus Dijon.

Er bereitet eine Abschlussarbeit im Maschinenbau vor und wird diese Abschlussarbeit voraussichtlich am Ende des Studienjahres vor einer Jury unterstützen.

Der logische nächste Schritt: eine Lehrposition, um sein Wissen an die jüngere Generation weiterzugeben.

In dem Moment, in der seine Klassenkameraden fast alle in Büros sind und Aufgaben ausführen, die als edler und weniger chaotisch gelten, entschied er sich, in dieser Zeit Müllsammler in der Stadt Paris zu sein, in der jeder Student in Not einen Job finden und ausführen muss, der einen Mindestlohn generiert, um die täglichen Ausgaben zu decken.

So, Kassierer während des Wochenendes in einem Supermarkt, Nachtwächter mit einem Hund auf einer Baustelle, oder für die Glücklichen, eine Position im tertiären Sektor im Zusammenhang mit den Aktivitäten von Unternehmen, die in der Lage sein, sie zu halten und integrieren sie in ihre Belegschaft, sobald das Diplom in der Hand, unabhängig von der Art der Arbeit, die Hauptsache ist, einen Job zu bekommen, um zu überleben.

Er, sein tägliches Leben, soll sich um die Abfälle der Konsumgesellschaft kümmern, die in einer hektischen Rennen immer mehr verbraucht und so viel Abfall freisetzt, wie es möglich ist zu produzieren.

Seine Eltern leben jedoch in einem Herrenhaus in einem wohlhabenden Teil der Stadt und sind Teil der lokalen Bourgeoisie.

Daher braucht Thierry diesen Job nicht, um während seiner Schulzeit zu überleben.
Er erhält jeden Monat einen Bankscheck von seinen Eltern, um seine Wohnung zu bezahlen und bleibt diskret über seine morgendlichen Aktivitäten auf den Straßen von Paris.

Er kehrt einmal im Monat in seiner

Familie zurück und verhält sich wie ein "normaler" Doktorand, diskutiert mit seinen Eltern, beides Universitätsprofessoren, über den Fortschritt seiner Dissertation.

Sein Arbeitskollege, der andere Müllsammler, der seine Runden morgens für Morgen hinter demselben Müllwagen teilt, erinnern Sie sich? Derjenige, der auf der anderen Stufe hinter dem LKW steht, wer ist es?

Wer ist diese Person afrikanischer Herkunft, die Mütze auf den Kopf geschraubt, nicht wiederzuerkennen hinter der großen Schutzbrille, agil und sehr geschickt mit den Händen, wer weiß, wie man mit Mülltonnen jongliert, wie es niemand kann?

Der Name der Person ist Malika.

Beruf : Vollzeit-Müllsammler, registriert in den Buchhaltungsbüchern der Stadt Paris.

Besonderes Zeichen: knabender Haarschnitt.

Status: Thierrys Freundin.

Sie leben im selben Viertel in einem Pariser Vorort und trafen sich zufällig im

Einkaufszentrum.

Aus dieser Begegnung entstand eine schöne Freundschaft, die sich allmählich in eine große Liebesgeschichte verwandelte.

Malika zögerte keinen Moment, um mit ihm über ihren Job zu sprechen. Sie erzählte ihm davon so gut, dass Thierry (gegen alle Widrigkeiten) sich von diesem Beruf angezogen fühlte, den einige Leute als ein öffentliches Versorgungsunternehmen beschreiben würden, aber dass viele andere zögern würden zu praktizieren.

Einen Job machen, weil ein Verwandter die tausend und einen Aspekt dieses Berufs gelobt hat, ist nicht vergleichbar mit der Haltung, vor einem Restaurant zu übernehmen, das nicht attraktiv ist, aber von denen Gerichte (wie es scheint) saftig sind.

Im schlimmsten Fall treten wir aus Neugier ein, und wenn der Ruf nicht beweiskräftig ist, kehren wir nicht darauf zurück.

In Thierrys Fall, ein Müllsammler sei, ist es wie eine Lebensentscheidung zu sein, wenn man weiß, dass jede Wahl Opfer benötigt (oder

50

sogar erfordert).

Thierry könnte in diesem Fall seine Unterscheidung und seine Freiheit geopfert haben, zum ausschließlichen Nutzen seiner Liebe zu Malika zu handeln.

Er könnte im weiteren Sinne, seine Beziehung zu seinen Eltern vor seiner Wahl des Lebens verpfänden, deren Realität sie nie akzeptieren werden.

Seine doppelte Wahl, müllsammler oder Doktor des Maschinenbaus zu sein, für Studenten zu unterrichten (die nichts mit seinen Theorien zu tun haben), stehen im Einklang mit seinen Überzeugungen, die sein Bewusstsein wecken und ihn dazu drängen, für die Gesellschaft nützlich zu sein, indem er jeden Morgen seinen Müll sammelt.

Wenn seine Leidenschaft für diesen Beruf ewig und in zukuftherhin anhält, hält ihn seine Liebe zu Malika in diesem Zustand der Erhebung, in dem er sich gerade befindet, wie könnte er seinen Eltern seine 360-Grad-Wende erklären?

Vielleicht werden seine Eltern zum Zeitpunkt der Konfrontation die verschiedenen Phasen der Verleugnung, Ablehnung, Angst, Wut,

Schuld durchmachen. Und was weiß ich noch?

Sie können jedoch versuchen, ihre Enttäuschung beiseite zu schieben.

Sie werden versuchen, das Unannehmbare zu akzeptieren und eine andere Sicht auf das zu vertreten, was es ist, sein Leben zu wählen.

Beenden Sie dann ihre Rolle als Eltern bei der Wahl des Lebens ihres Kindes und ermöglichen So dem Kind, sich selbst zu bestimmen, um seine eigenen Erfahrungen souverän zu machen.

Sicher ist, dass nur er die Belohnungen oder Enttäuschungen seiner Erfahrungen ernten kann.

Die Rolle der Eltern besteht darin, die notwendigen Instrumente bereitzustellen, um den Erfolg ihres Kindes in der Zukunft zu ermöglichen.
Aber wie können sie behaupten zu wissen, was gut oder schlecht ist, als wüssten sie, was gut oder schädlich für die künftige Generation ist?

Aufgrund ihren eigenen Erfahrungen?

Welcher Vater, welche Mutter könnte behaupten, das Patent für die beste Lebenserfahrung bis zu dem Punkt zu halten, dass sie die ihres Kindes ändern wollen?

Im Tierreich schneidet die nächste Generation ab einem gewissen Alter diese unsichtbare Bindung und nimmt ihr eigenes Schicksal an.

Das einzige bemerkenswerte Element, das nach dieser notwendigen Trennung von die vorherige Generation übrig bleibt, dies ist, was atavism befiehlt zu tun oder nicht zu tun. Die Dinge sind sehr klar. Die neue Generation zahlt ohne Verzögerung für ihre Fehler. So ist es.

Dieser Atavism informiert die neue Generation darüber, wie man mit dem Leben umgeht.

Und dank dieser wunderbaren und geheimnisvollen Übertragungsweise verewigen nachfolgende Generationen Traditionen und bewahren ihre Überlebensinstinkte.

Es ist leicht, sich die Atmosphäre vorzustellen, die während des Familienessens

53

einsetzt, wenn das Kind, das "auffällt" (derjenige, der die richtige Kleiderordnung nicht beachtet) ankommt: rasierten Kopf, ein zwanzigtägiger Bart, gelochte Jeans, schroffes Outfit, maskuline Haltung, die vom rebellischen Mädchen angenommen wird, piercing, etc. ... .

Bestenfalls das Kind wird von seinen Eltern herabgesehen große Verzweiflung mit herabgeschaut und schlimmstenfalls ignoriert, wenn sein Berufswahl gegen die allgemeine Tendenz verstößt, die von ihnen im Namen des "was gut für das Kind ist" vorstellt und auferlegt wird.

So wird das Kind, das sich in den Fußstapfen seiner Eltern entwickeln wird, als Kinderkönig betrachtet, das von Interesse ist, manchmal verehrt wird, während derjenige, der rebellisch sein würde, einfach toleriert wird. Er kann nicht für einen Standardaustausch in den Laden zurückgebracht werden. Die Eltern werden sich damit auseinandersetzen müssen, und es wird ihnen leid tun , ein Wesen gezeugt zu haben, das nicht so aussieht wie sie.
Sie werden sich gegenseitig die Schuld geben , die Ursache des Defekts zu sein, der ihrenen Nachwuchs trifft.

Sicher ist, dass es noch nie einen Müllsammler gegeben hat, soweit man in die Linie von Thierry zurückkehren kann.

Was Malikas Existenz in Thierrys Leben betrifft, die Rolle, die sie dabei gespielt hat, in sie einzusteigen, und die Tatsache, dass sie ganz am Anfang eines glücklichen Ereignisses steht, ist es eine andere Sache.

Persönliche Notizen

Persönliche Notizen

PASCALINE

In diesem Korridor nördlich dieses wichtigen Krankenhauses im Zentrum von Bordeau begibt sich Professor A. Pascaline, umgeben von ihren Praktikanten, in die Zimmer, um ihre täglichen Besuche nach dem üblichen Protokoll zu beginnen.

Sie trägt eine Brille, die auf einem bunten Rahmen montiert ist, was ihr Gesicht hell und etwas lustig macht.

Jeder, der sie in diesem Krankenhaus trifft, erinnert sich an ihr Gesicht.

Ihr körperliches Aussehen würde sie fast wie eine Exzentrikerin in einer weißen Bluse oder einen Clown aussehen lassen, der kam, um kranke Kinder abzulenken, wenn seine Anwesenheit in der strengen Sektion der Krebsforschung, umgeben von seinen Praktikanten, würde ersten Eindruck widersprach.

Tatsächlich ist Pascaline alles andere als exzentrisch.

Pascaline ist ein renommierter Onkologe.

Sie ist weltberühmt. Die Patienten kommen von weit her, um sie zu konsultieren.

Seine Diagnosen sind von einen chirurgischen Präzision, seine Meinungen sind endgültig. Eine zweite Stellungnahme ist nach seinem Urteil in der Regel nicht notwendig.

So ist es.

Sie ist die Autorin unzähliger Publikationen über diese Krankheit, die sie den ganzen Tag bekämpft mit einer Kampflust, die Respekt befehle.

Sie hat ein unglaubliches Gespür. Bei der Ausübung ihres Berufs besitzt sie ein besonderes Talent, um "die Krabbe" aufzuspüren und zu zähmen.

Seine Spezialität: der Hirntumor.

Seine Fähigkeiten in der Onkologie machen sie zur angesehensten und verehrt Fachärztin in der medizinischen Gemeinschaft in seinem Fachgebiet.

Für Pascaline ist ein Tag, der über die Krankheit gewonnen wird, ein Sieg, der dem Patienten zugeschrieben wird.

Seine Methode, die Kampfkraft der Patienten (unter anderem) zu stimulieren, ist es, zu Beginn der Behandlung, eine Reihe von Punkten zu erreichen innerhalb einer bestimmten Zeit zu erreichen, eine Reihe von Punkten, einem entscheidenden Stadium der Behandlung entsprechen, ein Schritt, der den nächsten ankündigt, und dann der, der nach dem letzten Schritt kommt, der zur Heilung führt.

Seine Methode funktioniert gut, solange sich die Patienten daran halten.

Medizin ist für Pascaline mehr als eine Leidenschaft. Sie ist hartnäckig. Sein Kampf gegen diese Krankheit, von der sie alle Geheimnisse kennt, ist legendär. Patienten kommen manchmal auf einer Trage und Wenig später gehen sie auf ihren ingenen zwei Beinen. Sie erzwingt gebietet die Bewunderung ihrer Kollegen.

Was sie am meisten empört und dazu bringt, sich selbst zu transzendieren, ist, wenn dass die Krankheit manchmal sehr junge, hilflose

Kinder angreift, die nichts über das Leben wissen.

Sein Glaube an Gott ist sehr begrenzt, auch wenn sie von Zeit zu Zeit auf den trifft, den sie verurteilt, wenn ihr todkranke kleine Kinder anvertraut werden, denen sie es dennoch gelingt, ihnen Zeit zurückzugeben, ein wenig aufzuwachsen und auf die neuen Fortschritte der Medizin zu warten.

Sie glaubt nicht an die Existenz von Karma, von Menschen die dem Leben etwas schulden haben (so scheint es).

Denjenigen, die sagen, dass ein Krebskind in seiner früheren Existenz verschuldet wäre und der bei seiner Rückkehr in die Welt diese karmische Schuld bezahlen muss, antwortet sie mit großer Wut:

Unsinn!

Angesichts solcher Worte und vor verstörten Eltern nimmt sie sich immer die nötige Zeit, um zu erklären, was Krebs ist, und zeigt so die Kluft, die zwischen einer angeblichen karmischen Schuld (falls bewiesen) und der anarchischen Proliferation von Zellen im menschlichen Körper besteht.

Trotz ihres rationalen, strengen und etwas formalistischen Geistes hat Professor A. Pascaline ein großes Geheimnis.

Ein und nur eine Person kennt dieses Geheimnis, und diese Person lebt Tausende von Kilometern von Bordeaux entfernt, genau bei 11.902,38 Kilometern.

Einmal im Jahr bereist Pascaline diesen langen Weg wie ein Pilger. Sie freut sich auf diesen Moment, nicht für in den Meeren von China, Sulu, Java zum schwimmen, sondern ihren alten Freund zu sehen, der am Ufer des Kinabatangan-Flusses lebt, der alten Freundin, wer wurde von ihr in Bordeaux das Leben gerettet hat.

Ja, Sie haben es erraten : Pascaline geht jedes Jahr nach Borneo.

Dort angekommen, muss sie jedes Mal diese feuchte Umgebung ertragen, diese erstickende Atmosphäre, diesen faszinierenden Ort. Ein feindlicher Ort für eine zarte Europäerin und mit bunten Brillen.

Aber was sie dort mit ihrem alten Freund macht, unverständlich ist.

Tatsächlich würde die medizinische Fakultät würde eine düstere Sicht auf das haben, was sie dort tun wird kommt, angesichts ihres Status als weltberühmte Onkologin.

Der alte Freund war früher Medizinprofessor. Er war Pascalines Dissertationsdirektor und war beeindruckt von den Fähigkeiten dieses äußerst begabten Doktoranden, dem er sein Schicksal später anvertraut hatte, als bei ihm eine seltene Krebserkrankung diagnostiziert wurde.

Nach einem erbitterten Kampf gegen dem Krebs ihres Mentors fand Pascaline schließlich das richtige Protokoll, das nach monatelanger Behandlung eine totale Remission ermöglichte.

Die Ursache war verzweifelt.

Die Hoffnung auf Genesung, fast nicht existent.

Doch sie hatte dieses spektakuläre Ergebnis erzielt, das eine große Freundschaft zwischen ihrem Mentor und ihr, der kleinen Ärztin mit bunten Gläsern, endgültig besiegelt, vor diesem Giganten der Medizin, der ein enzyklopädisches Wissen über Medizin besitzt.

Während der Forschung und Entwicklung dieses Protokolls, gegen alle Widrigkeiten, hatte Pascaline zugestimmt, den Anweisungen ihres Mentors zu folgen, (ursprünglich aus Borneo und in höchster Geheimhaltung, ein Anhänger dieser kritisierten Medizin, genannt "traditionell", praktiziert auf ihrer Heimatinsel)

Seine Anweisungen hatten zu spektakulären Fortschritten geführt, die zu seiner beschleunigten Heilung führten.

Es war für sie beunruhigend, dass die Reaktionen auf die Behandlungen der so genannten "modernen" Medizin nicht befriedigend waren, während die Anwendung des aus der traditionellen Medizin abgeleiteten Protokolls (eine Kombination sorgfältig ausgewählter Pflanzen) eine berüchtigte Veränderung verursacht hatte, die den Heilungsprozess auslöste.

Tag für Tag bestätigten Bluttests, verschiedene klinische Untersuchungen die Regression des Krebses, und die Gesundheit des Patienten wurde bis zu seiner endgültigen Genesung immer besser.Regelmäßige Nachbehandlungskontrollen bestätigten diese Feststellung und anschließend die Remissionserklärung.

Angesichts dieser Selbstverständlichkeit konnte Pascaline kann nicht akzeptieren, was sie erlebte, indem sie sich selbst stellte schuldig (auf Wunsch ihres Mentors, der nichts zu verlieren hatte), geächtet. Es ist nicht zulässig, ein Protokoll anzuwenden, das nicht von den Gesundheitsbehörden zertifiziert wurde. Infolgedessen war Pascaline an einem schwerwiegenden Fehlverhalten beteiligt, wer kann sie vor den Ärzterat führen können. Aber die einzige Person, die sie hätte denunzieren können, ist ihr Lehrer, vor denen sie ihre These verteidigt hatte und wem sie das Leben in Bordeaux rettete, indem sie seinen Anweisungen folgte.

Ihr Ärger ist real angesichts dieser Situation, in der ihre Treue zu ihrem Eid, Leben zu retten, gegen die Methode läuft, die verwendet wird, um diese besondere Patient zu retten.

"Der Zweck rechtfertigt die Mittel", sagt das alte Sprichwort.

Ist es also möglich, dass in der Medizin ein Arzt (der den Eid abgelegt hat) bereit sein kann, verwerfliche Mittel (in Bezug auf die so genannte moderne Medizin) zu verwenden, um die Genesung des Patienten zu erhalten, egal wie?

Muss die Heilung daher gerechtfertigt sein, um die Methode zu entschuldigen?

Diese Befragung kostete sie schlaflose Nächte.

Am Ende unfähig Rat von irgendjemandem zu nehmen, beschloss sie, diesen parallelen Weg zu gehen, um zu sehen, wohin es sie führen würde.

Natürlich denkt sie nicht an den Nobelpreis, aber ein paar gerettete Leben würden es rechtfertigen, ihre Karriere zu gefährden.

Dies ist der Ausgangspunkt ihres Interesses an der traditionellen Medizin, für das sie jedes Jahr diese Reise nach Borneo unternimmt.

Persönliche Notizen

Persönliche Notizen

LARA

Lara nahm sich aus persönlichen Gründen einen freien Tag.

Sehr persönliche Gründe in der Tat. Sie kommt von einem Besuch bei ihrem Gynäkologen.

Sie ist verstört.

Sie ist schwanger.

Das Ergebnis eines Moments der Schwäche, während eines Ausflugs mit Kollegen von der Polizeistation.

Lara ist Polizistin.

Polizistin, nicht durch Berufung, sondern weil vor ihr ihr Vater und Großvater hochrangige Polizisten waren.

Sie ist ein einziges Kind und hatte trotz ihres Geschlechts und der Abneigung ihrer Mutter, um sie zu sehen, dieser überwiegend männlichen Institution beizutreten, keine Wahl.

Lara hat für diesen Beruf, den sie nicht gewählt hat, aber dennoch mit Mut und Respekt übt, keine wirkliche Anziehungskraft.

Sie hätte gerne in der Welt reisen wollen, neue Zivilisationen entdecken, Bücher schreiben, Landschaften auf ihre in freier in der Natur installierte Staffelei malen, ein stabiles Haus finden, in einem großen Haus leben, voller Kinder.

Aber stattdessen lebt sie ein gefährliches Leben, unterbrochen von der Ausübung von Autorität (die sie über alles hasst), einem unsicheren Leben (ein gut begonnener Tag garantiert kein ruhiges Ende des Tages) und schließlich der Verpflichtung, ihre Weiblichkeit hinter dem Tragen der Uniform zu verbergen (sie, die sich gerne zu ihrem Vorteil stellt, sie so zart).

Sie befindet sich in der richtigen Phase ihres Lebens als Frau, in der ihr Körper es ihr ermöglicht, eine oder mehrere Schwangerschaften ohne Probleme zu haben.

Daher kann das Schwangerwerden (auch unter den Bedingungen, unter denen es passiert ist) nur eine Quelle des Glücks sein, da eine Regularisierung (mit dem zukünftigen Vater) immer möglich ist.

Aber, (es gibt ein großes "aber"), es ist auch die Zeit, in der sie ist beteiligt in einen Prozess der Karriereentwicklung in ihrer Einheit auf der Polizeistation (die Prüfung einschließlich mindestens einem Sporttest) im vollkommenen Widerspruch zum Schutz und zum Ende ihrer Schwangerschaft. Tatsächlich ist sie auf die internen Wettbewerbe für ihren Aufstieg entsprechend dem geplanten und von ihrem Vater verfolgten Karriereplan bestens vorbereitet.

Lara steht also vor einem großen Dilemma: Ihr Baby, sofort, was die Entwicklung seiner Karriere verlangsam könnte , oder weiter födern seine Karriere in der reinen Achtung der Familientradition zu fördern?

Gegen alle Widrigkeiten, zum Trotz hat die Bestätigung ihrer Schwangerschaft in ihr das Bewusstsein ausgelöst, dass sie ihr Leben verpasst.

Wie kann man in der Tat zugeben, den Beruf unserer Vorfahren stellvertretend auszuüben?
Warum sollte sie ihre besten Jahre jenen

hinzufügen, die ihrem Großvater und Vater ermöglichten, eine sehr reich Karriere zu ihrer Zeit zu verfolgen und seines eigenes Schicksal zu ignorieren?

Plötzlich wurde sie auf dieses schwerfällige Erbe aufmerksam, belastet durch das Gewicht der Tradition, Tradition, um die sie sich nicht mehr kümmern will.

Sie weigert sich, weiterhin ein Glied in dieser Kette der ahnenden Interdependenz zu sein, die bis zu diesem Moment ihre Existenz geleitet und belastet hat.

Sie weigert sich die Realisierung und Zukunft ihrer eigenen Bestrebungen zu seiner Karriere zu verknüpfen.

Sein Wunsch nach Befreiung ist stark.

Sie will ihr Baby nicht opfern.

Um dies zu tun, muss sie diese unsichtbare Bindung mit ihrem Vater und Großvater schneiden, die sie in dieser Polizeistation gegen ihren Willen hält, schneiden diese Schnur, die sie daran hindert, sich zu entwickeln und ihr eigenes Leben zu leben.

Sie weiß im Voraus, welche Folgen dieser Verzicht hat, um ihre Karriere nach dem Plan ihres Vaters fortzusetzen.

Sie errät die Enttäuschung ihres Vaters, der sie all die Jahre darauf vorbereitet hat, eine vorbildliche Karriere bei der Polizei zu machen.

Sie ist sich nicht sicher, ob sie auf die unerschütterliche Unterstützung ihrer Mutter zählen kann, die durch die Heirat mit ihrem Vater, auch die Einrichtung der Polizei geheiratet hatte.

Wenn sie bis heute nie Einwände gegen die Entscheidungen ihres Mannes gegenüber ihrer Tochter erhoben hat, wie könnte sie dann die Entscheidung ihrer Tochter, das Leben ihres Vaters durch Vollmacht mehr zu leben, als Stellvertreterin billigen und unterstützen?

Sie nimmt im Voraus beziehungsgeschüttelte Spannungen innerhalb der Familie wahr, hauptsächlich zwischen Lara und ihrem Vater.

Der Frieden und die Harmonie, die in der Familie herrschten, laufen Gefahr zu zerbrechen. Sie möchte eine solche Situation nicht erleben, um sich dem quasi-militärischen Charakter einer Person stellen zu müssen, in deren Schatten sie

73

bisher gelebt hat, ohne jemals zu wagen, eine seiner Entscheidungen in Frage zu stellen.

Es ist nicht einmal sicher, dass sie in der Lage ist, ihre Tochter zu verstehen, die Kleider tragen will und keine Polizeiuniform, ihre Tochter, die sanfte Beziehungen zu ihren Mitmenschen aufbauen möchte, und nicht sein in einem dauerhaften Machtverhältnis zu ihren Mitbürgern.

Ernster: Wäre sie in der Lage, das Baby der Zwietracht zu akzeptieren, willkommen zu heißen und zu lieben?

Persönliche Notizen

.

Persönliche Notizen

LUCY

Boarding Zimmer Roissy Charles de Gaulle Flughafen.

Reiseziel Rom.

Lucy, eine Schmuckdesignerin, sitzt unter den Passagieren, die nach Italien abfliegen.

Sie reist einmal im Monat nach Italien, um sich in Murano mit Edelsteinen einzudecken.

Aber diese Reise, die sie im Begriff ist, hat einen besonderen Charakter.

Es war ihr schwer, das Datum ihrer Abreise festzulegen.

Sie ist besorgt über ihre Rückkehr nach Italien. Umso besorgter ist sie über die Antwort auf das Ultimatum, das sie diesem Mann gestellt hat, den sie zwingen möchte, das zu tun, was er nicht tun kann, was sie sehr stört.

Sie ist hartnäckig. Sie will ans Ende dieses Wahnsinns gehen, den die Moral missbilligt. Aber es gibt keine rationale Antwort auf seinen Wahnsinn.

Es ist während einer Messe mitten am Tag in einer Nachbarschaftskapelle in Murano dass lernte sie Bruder Carlo, Pfarrer, kennen.

40 Jahre, schlankes Aussehen, einen durchdringenden Blick, die beruhigende und beruhigende Stimme.

Bruder Carlo, seit etwa fünfzehn Jahren Priester, wird von seinen Vorgesetzten geschätzt. Seine Homilien sind sehr beliebt und alles andere als langweilig. Er ist Teil dieser neuen Generation von Ordensleuten, die der Ausübung ihrer Sendung als Apostel Christi etwas Modernität bringen wollen.

Während ihrer früheren Besuche in Murano versäumte Lucy es nie, an den Mittagsmessen teilzunehmen, die zu wichtigen Momenten in ihrem Leben wurden.

Allmählich hat sich eine wahre Freundschaft zwischen Bruder Carlo und dieser

Frau entwickelt, die immer in der ersten Reihe sitzt, auf deren Zunge der Priester den Leib Christi zart ablegt, indem er den rituellen Satz ausspricht. Er konnte fast sein Parfüm riechen, seine Gesichtszüge beobachten, die tausend und eine Botschaft einfangen, die von seinen Augen übermittelt wurde.

Vom spirituellen Führer wurde Bruder Carlo ein sehr enger Freund.

Und zu jedermanns Überraschung, Lucy die kleine Carla gebar, deren Vaterschaft sie Bruder Carlo zuschreibt.

Seine angebliche Tochter, die jetzt drei Jahre alt ist, Er kennt sie nicht.

Carla machte nie die Reise nach Italien mit ihrer Mutter. Sie sollte auf dieser letzten Reise sein, aber Lucy wollte zuerst ein wichtiges Detail mit ihrem angeblichen Vater klären, nämlich von ihm zu bekommen, Die Zustimmung, ihn zurück nach Frankreich zu bringen und ihre Vereinigung unter größter Geheimhaltung zu organisieren.

Sie will den Mann heiraten, der sich als Priester verkleidet hat.

Sie möchte sich mit einem ungewöhnlicher Mann. Ein Mann der Kirche, zumindest was von ihm übrig bleibt, denn nachdem er mehrmals sein Keuschheitsgelübde gebrochen hat, versteckt er sich weiterhin hinter seinem Status als Priester, was ihm eine gewisse Seriosität verleiht, von der Lucy nichts zu tun hat.

In Lucys Augen ist seine Soutane kein Hindernis mehr zu überwinden.

"Wenn das Hindernis zu hoch ist, springen Sie nicht darüber, sondern umgehen Sie es einfach", sagt ein altes Sprichwort.

Lucy hat das Prinzip so gut verstanden, dass sie ihm gelungen ist, dieses Hindernis zu überwinden, ohne sich selbst zu sehr zu zwingen.

Sie sieht sich jedoch nicht als Heldin. Sie fühlt sich nicht wie eine Heldin. Sie betrachtet sich auch nicht als die letzte huren, die es geschafft hat, den Diener Gottes, gekleidet mit seinem Soutane, zu verklagen.

Sie sieht sich als diejenige, die diese unsichtbare Rivalin hasst, die pompös "der Sohn Gottes" genannt wird, gegen die sie keinen Halt hat.

Sie sieht sich als diejenige, die es geschafft hat, die Wachsamkeit eines Mannes zu vereiteln, der angeblich "fromm" ist und versprochen hat, seinen Körper und Geist dem Dienst an seiner Religion zu widmen.

Während der Augenblicke der Kapitulation gelang es Lucie (umarmend und triumphierend mit ihren ganzen Eifer, ihren Geliebten daran zu hindern, widerstandsfähig zu sein, indem er sich bemühte, versuchen, zu vergessen, seinen Wunsch, seinen keuschen und reinen Körper zu bewahren), fast nie gelingt um seine Aufmerksamkeit der schwarzen Soutane abzulenken, dieses priesterliche Attribut, das bei den nächtlichen Besuchen des Bruders Carlo zart auf einen Stuhl gelegt neben dem Bett gelegt ist.

Dieser Priester, der so genannt wird, wenn er nach Hause geht, (wahrscheinlich um sich selbst auszupeitschen) seinen Geist ist "beunruhigt", neblig, voller Zweifel.

Aber auf der anderen Seite wird angenommen, dass er wahrscheinlich davon überzeugt ist, dass er, mit dem Mut, diesen schwarzen Soutane wieder zu tragen, es sie spontan von seiner Sünde befreien und ihm so die

Autorität zurückgeben könnte, die momentan an der Tür verlassen wurde, als er heimlich Lucys Zimmer betritt, Nacht für Nacht.

Für sie und in jeder Hinsicht ist dieser Soutane eine ständige Erinnerung an ihre Entschlossenheit, diesen Mann zu lieben, dem sie sich hingegeben hat, so wie er sich zu seiner Zeit Christus zu geben verstand, im Namen des gleichen Gefühls der Liebe, das ihn von dem Weg abwich, den diese "gewöhnlichen" Wesen eingeschlagen hatten, diejenigen, die diesen gefürchteten Ruf (von Gott) nicht erhalten haben, oder von einigen Personen erhofft hatten.

Diese Soutane, die für sich allein symbolisiert, was heilig ist, und was das Verabscheuungswürdigste ist (die Anwesenheit, die anklagt.), ist der stille Zeuge jener Momente, in denen der Dämon den Vorrang vor dem Göttlichen einnimmt, wo der Wahnsinn stärker ist als die Vernunft.

Für Lucy ist das, was einen geweihten Priester charakterisiert, seine Neigung zu glauben, dass er außergewöhnlich ist, d.h. zu glauben, dass er, indem er ein Mann aus Fleisch und Blut wie alle anderen Männer aus Fleisch und Blut ist, (zusätzlich zu seiner vergänglichen menschlichen

Natur) von einer Pseudo-Überlegenheit profitiert, die ihm durch sein Keuschheitsgelübde verliehen wurde, die ihn daran hindert, zu heiraten, und die ihn tugendhaft machen würde.

Wo endet die Tugend? Wo beginnt die Keuschheit?
Wo endet die Keuschheit? Wo beginnt die Tugend?

Könnte der Adel des einen die Unsterblichkeit des anderen überschatten?

Würde Bruder Carlo "Keuschheit" mit "Feigheit" reimen wollen, indem er versucht, auf Lucia die offensichtliche persönliche Verantwortung zu projizieren, die er sich hartnäckig und definitiv weigert, zu übernehmen?

Lucy fragt sich.

Was sie nicht versteht und nicht verstehen will, ist die Grundlage einer Situation, die darüber hinausgeht, die über ihr liegt und die sie seltsamerweise an die beklagenswerte Situation des Unternehmens erinnert, in der die Geschäftsordnung restriktiver ist als das Gesetz.

Wie kann das sein?

Wie können wir einen Ordensmann weiterhin preisen, der in Ausübung seiner Mission als außergewöhnliches Geschöpf gilt, da er der Auserwählte dieses höchsten Gottes ist, der seinen Ruf erhalten hat, ihm zu dienen, wenn dieser Auserwählte Gottes in seinem persönlichen Leben die perfekte Illustration dessen ist, was Illusion ist?

Wie kann man mit zweierlei Maß messen angesichts des Gebots der Redlichkeit, das durch die Auslegung der Religionsdogmen induziert und von der Kirche seit Anbeginn der Zeit auferlegt wurde?

Wie kann man an die Unbestechlichkeit des Menschen glauben, der in einem Umfeld lebt, in dem die Regel die Freiheit sein muss, zu existieren oder nicht zu existieren, zu glauben oder nicht zu glauben, sein Wort zu halten oder seine Verpflichtung nicht einzuhalten?

Hat der Mensch nicht in der Tat den freien Willen erfunden, um sich seiner Verantwortung für seine Schandtaten zu entledigen, wobei diese Fähigkeit dem Menschen die Möglichkeit gibt, sich frei selbst zu bestimmen, zu denken und zu handeln, im Gegensatz zu dem Determinismus, der in der DNA eines jeden Menschen eingeschrieben wäre und ihm erlaubt, nach seinen eigenen Triebe zu handeln?

Wer verfügte, dass der Priester ein tugendhafter Mann sei?

Was ist die tiefe Bedeutung des Keuschheitsgelübdes?

Warum heiraten Pastoren und nicht Priester ?

Warum sollte Christus das Recht haben, die Herzen von Männern zu erobern, die heiraten können?

Warum ? Warum ? Warum ?

Trotz ihrer Befragung zwingt sie ihr Stolz als Frau dazu, die schwerwiegenden Folgen ihrer vergangenen und gegenwärtigen Handlungen, die sie voll und ganz annimmt, zu ignorieren.

Die vielen Liebesnächte, die sie mit ihrem Liebhaber mit der Soutane verbrachte, sind Realität.

Carla ist eine Realität.

Bruder Carlo ist eine Realität.

Bruder Carlo, sowohl Mensch als auch Priester, der nach seiner Aussage zur Geburt ihrer Tochter Carla beigetragen hat (ob es der Kirche gefällt oder nicht), kann seinem Schicksal nicht entgehen.

Sie ist entschlossen, einen strahlenden Blick in ihre Zukunft zu werfen, entsprechend ihren Erwartungen: Bruder Carlo, Carla und sie, zusammen in Frankreich in der vollkommensten Anonymität.

Persönliche Notizen

Persönliche Notizen

MERYEM

Weit entfernt von ihrer Heimat Türkei lebt Meryem seit einigen Wochen in Frankreich.

Sie hat gerade im Stadtteil Halles zu Mittag gegessen und schlendert um die St.-Eustatius-Kirche und verweilt im modernen Nelson-Mandela-Garten.

Sie lebt in Antalya, wo sie ein Schuhgeschäft an der Riviera besitzt. Ein florierendes Geschäft. Die Kunden (hauptsächlich wohlhabende Touristen) strömen in Scharen in das Geschäft, in dem Luxusschuhe ausgestellt sind.

Meryem ist eine alleinstehende Frau, elegant, reich und sehr beliebt.

Meryems Eltern stammen aus einer sehr frommen Familie, die sehr an den von ihrer Religion vorgeschriebenen Werten festhält.

Sie, sie ist das freie Elektron der Familie, wegen ihrer Haltung, ihres Kleidungsstils, ihrer

Lebensweise, ... Das ist eine echte Trostlosigkeit für ihre Mutter, die verzweifelt ist, sie nicht aufgeräumt und verheiratet zu sehen.

Sie liebt es, Gläser Jahrgangschampagner zu trinken und all die Köstlichkeiten zu genießen, die dazu serviert werden.
Sie liebt das Leben, das gute Leben, und sie lehnt nichts ab. Sie reist zu kommerziellen Zwecken und zu ihrem eigenen Vergnügen durch die ganze Welt.

Trotz seines ereignislosen Lebens durchlebt Meryem ein wahres Drama.

Sie macht sich seit über einem Jahr Sorgen über ein Problem, dessen Ende sie nicht absehen kann.

Seine dienstältesten Beziehungen in seinem Land sind vergeblich genutzt worden.

Sie hat viel Geld ausgegeben, um das Problem zu lösen, ohne Erfolg.

So verließ sie, sobald ihr Geschäft in die Leitung übernommen wurde, die Türkei, um zu versuchen, das Problem selbst zu lösen.

Wenige Wochen vor ihrer Ankunft in Frankreich war sie in der Schweiz im Kanton Genf auf den Spuren dieses eintägigen Liebhabers, der intime Fotos von ihr besitzt.

Diese Bilder sind nicht so schrecklich, wie man sich das vorstellen könnte. Was stellt heutzutage ein Fotos dar, das die nackten Brüste einer Frau zeigt?

Nichts, durch die zügellosen Sitten der heutigen Gesellschaft. Im Sommer kann man an den Stränden nackte Brüste sehen, und niemand beschwert sich darüber.

Was sie betrübt und enttäuscht, ist der Verrat, den ihr Liebhaber an ihr begangen hat, indem er diese Fotos ohne ihr Wissen gemacht hat.

Ein verabscheuungswürdiger Verrat von einem Mann mit Engelsgesicht, dem sie Zeit widmete, dem sie Nahrung gab, dem sie Arbeit fand, dem sie ihre Taschen füllte, der ohne Zukunft war, der Mann, den sie fast liebte.

Was sie am meisten motiviert, sich auf diesen Kreuzzug zu begeben, ist ihre Angst davor, sich eines Tages der Reaktion seiner Eltern stellen

91

zu müssen, die diese Fotos entdecken würden. Sie fürchtet die Umwälzungen, die die Veröffentlichung ihrer Fotos, auf denen ihr Gesicht mit nackten Brüsten assoziiert wird, verursachen wird. Sie hat Angst davor, die Liebe ihrer Eltern für immer zu verlieren, eine Liebe, die bereits durch ihren Lebensstil strapaziert wird.

Es könnte ihre Mutter töten, wie sie sich immer wieder selbst sagt.

Einmal im Monat erhält sie einen Brief mit jeweils einem anderen Foto, auf dessen Rückseite folgende Silben geschrieben sind: "Western Union", gefolgt vom Namen einer Stadt.

Um es deutlich zu sagen, musste sie verstehen: " Ich bin in der einen oder anderen Stadt in dem einen oder anderen Land, schicke mir dringend Geld".

Das vorletzte Mal war die Stadt Genf. Dieses Mal Paris.

So folgt sie diesem teuflischen Liebhaber auf ihren Reisen, wobei sie naiv zu Detektiv spielt, in der Hoffnung, diese Person zu finden, die seit mehreren Monaten ihre Nächte stört.

Sie hat ihren Plan und hofft, ihn sehr bald zu verwirklichen.

" *Sich gegen Erpressung zu wehren, erfordert große Stärke angesichts von Verzweiflung und Selbstachtung.* "

Wie kann Meryem dieser tiefen Bedrängnis widerstehen?

Das Leiden ist wie ein doppelseitiger Spiegel, d.h. derjenige, den sie zu überwinden versucht, und derjenige, der durch ihr Missgeschick verursacht wird, das (wenn es passiert), die Seele ihrer Eltern gewaltsam treffen könnte.

Ein flüchtiges Vergnügen (in dem Moment, als sie mit diesem vorübergehenden Liebhaber die vollkommene Liebe drehte, die sie überall wie eine Trophäe zur Schau stellte), das allmählich zu diesem Unmut wurde, der sie vor Ekel zittern lässt.

Wie kann sie sich weiterhin in diesem Spiegel betrachten, der ihr das Bild dieser Frau widerspiegelt, die (durch diese Tortur) ihr Selbstwertgefühl und damit ihren Lebenswillen verloren hat?

Persönliche Notizen

Persönliche Notizen

AHMED

Fünfunddreißig Jahre alt, verheiratet, Lehrer, Ursprünglich aus Nordafrika,, fünf Jahre Erfahrung.

Eine späte Berufung nach einer inneren Revolte, die in ihrer ganzen Noblesse im Laufe der Zeit diesen Wunsch geweckt hat, zu denen zu gehören, die Kinder dazu bringen, lernen zu wollen.

Aber für ihn geht dieser Wunsch weit über seinen Wunsch hinaus, derjenige zu sein, der sich in den Dienst der Kinder stellt, um ihnen zu helfen, ihre Gedanken und ihre Persönlichkeit zu strukturieren. Er will die idealen Voraussetzungen für den perfekten Erfolg der Kinder in seiner Obhut schaffen.

Die Vermittlung der Grundlagen des Wissens nach den Geboten, die von Generationen von Lehrern in den Schulen der Republik tausendmal wieder aufgewärmt wurden, scheint nicht dem Zweck dieser Lehre zu entsprechen, deren Berufung es ist, zukünftige Bürger auszubilden, die dazu verurteilt sind, in einer Gesellschaft in völligem Verfall zu leben.

Seine innere Revolte entstand im Gefolge der tragischen Ereignisse, die das ganze Land erschütterten.

Es sind viele Stimmen laut geworden, die Lösungen verurteilen und vorschreiben. Lösungen, die sich mit den Folgen einer Situation im nachgeschalteten Bereich befassen, anstatt ihre Ursachen im vorgeschalteten Bereich zu bekämpfen. Lösungen, die im Gegensatz zu den Herausforderungen stehen, vor denen die Gesellschaft steht, glaubt er.

Seine Fragestellung ist einfach und komplex zugleich: Wie kann man eine Vielfalt am Anfang in ein homogenes Ganzes am Ende verwandeln?

Ohne wie ein prätentiöser Utopist zu klingen, der laut und deutlich behauptet, dass der Wandel seine Grundlage in den ersten Lebensjahren der zukünftigen Generation finden muss, wie kann dies erreicht werden?

Eine neue Generation bedeutet per definitionem und im Wesentlichen das

97 *Gesichter*

Aufkommen einer besseren Welt auf der Grundlage von Werten, die einst bekannt waren, aber vergessen oder beiseite gelegt wurden, um Platz für verschiedene Zusammenstöße politischer Ideologien zu schaffen.

Infolgedessen bereitet sich die neue Generation auf eine ungeeignete Welt vor, in der die harmlosesten Handlungen zu den unerwartetsten Folgen führen können, die wahrscheinlich Schlagzeilen machen werden.

Heutzutage kann ein Schullehrer (Mann oder Frau) ein Kind nicht mehr in den Arm nehmen, um es zu trösten, wenn es verletzt ist, wie es in nicht allzu ferner Zeit geschah.

In der heutigen Zeit hat diese einfache, natürliche, menschliche und spontane Geste einen besonderen Charakter, der ihrem Urheber zum Nachteil gereichen kann.

Wenn also die Dinge auf dieser Ebene für die Person, deren Aufgabe es ist, die ersten Schritte dieser neuen Generation zu unternehmen, bereits so kompliziert sind, was können wir dann tun, wenn in der kommenden Welt das, was von unserer mehr als dekadenten Zivilisation übrig geblieben ist, auf die kommende Welt aufgepfropft wird? Geschmückt mit Erinnerungen an das Unrecht, das die vorangegangene Generation erlitten hat, insbesondere wenn diese Erinnerungen zu unkontrollierter Wut, Wut über die Handlungsunfähigkeit führen, extremistische Aktionen provozieren, die irreversible Schäden und Traumata unter der unschuldigen, gar nicht betroffenen Bevölkerung verursachen?

Doch wie sieht Herr Hamed, der Schullehrer, der seinen Beitrag leisten will, indem er versucht, die Welt zu verändern, die Dinge unter Berücksichtigung dieser Tatsache? Welchen Handlungsspielraum hat er?

Kurz gesagt, die Seelen von den Ressentiments zu befreien, die durch den Atavismus vermittelt werden.

In der Tat ein umfangreiches Programm.

Versuchen wir, etwas Klarheit zu schaffen.

Abgesehen von dem strengen Rahmen des Lehrplans, den das nationale Bildungssystem für die Betreuung von Kindern im Primarschulzyklus festlegt, bleibt die Tatsache bestehen, dass es nicht die Aufgabe des Schullehrers ist, die Kleidung des atavistischen Gedächtnislöschers anzuziehen, ein

Bereich, der nicht zu den Fächern gehört, die in Lehrerausbildungsstätten unterrichtet werden.

Herr Hamed könnte er einen günstigen Weg finden, indem staatsbürgerliche Unterrichtsstunde, die der Moral gewidmet ist, dazu nutzt, Botschaften weiterzugeben, die darauf abzielen, die Samen zu säen, die in den Gehirnen der Kinder in seiner Obhut von Jahr zu Jahr keimen müssen, und sie dazu zu bringen, die richtige Haltung gegenüber Phänomenen einzunehmen, die vorhersehbare Revolten in ihren Häusern auslösen könnten, die zur Ausführung verwerflich er und nachteiliger Handlungen für die Gesellschaft führen könnten, die nur in Frieden leben will.

Wie könnte sie die perversen Auswirkungen des kollektiven Gedächtnisses bekämpfen, das von Generation zu Generation aufrechterhalten wird?

Wie können diese jugendlichen Seelen dazu gebracht werden, zu lernen, (von Anfang an) Situationen zu erkennen, die Wut erzeugen? Wie können sie sie entschärfen?

Wer erinnert sich an den Rat (klug oder fundierte) eines Schullehrers, den er in sehr jungen Jahren erhalten hat?

Was ist mit dem Kind, das zu einem Mann oder einer Frau geworden ist und in einer Umgebung lebt und sich entwickelt, in der das Stigma des Schikanierens der Vorfahren eine ständige Erinnerung daran ist, die Revolte im Dienst und zum Wohle der Gemeinschaft aufrechtzuerhalten?

Der Ausschluss jeglichen intellektuellen Ansatzes, (der eine detaillierte Analyse von Situationen ermöglicht, in denen Ressentiments verschärft werden), nachgewiesen ist, wenn die Rufe nach Rache, um sich der Zugehörigkeit zu der besagten Gemeinschaft würdig zu erweisen, ohrenbetäubend werden.

Wie könnte sich Herr Hamed daher vorstellen, auch nur einen Moment lang das Geheimnis zu wahren, wie man den generationenübergreifenden Revolten in der menschlichen Gesellschaft ein Ende setzen könnte, einer Gesellschaft, in der die angeblichen Vorteile der sozialen Durchmischung eine reine Illusion sind?

Persönliche Notizen

Persönliche Notizen

Letztendlich...

Das Universum all dieser Menschen, denen wir begegnen, hat etwas, das uns angenehm oder manchmal auch beunruhigend überrascht.

Ein Gesicht, ein Blick, eine Haltung tragen dazu bei, uns einzuladen, uns vorzustellen, was sich dahinter verbirgt, nicht durch das Schlüsselloch zu schauen, sondern die Begegnung, die wir gerade gemacht haben und die einige Sekunden gedauert haben wird, zu verlängern.

Eine so kurze Zeitspanne, oder als solche betrachtet, ist mehr als genug, um unsere Vision von dem, was uns umgibt, zu verändern.

Unser Verstand öffnet sich und unsere Vorstellungskraft übernimmt die Kontrolle.

Unsere Reise wird immer weniger eintönig. Wir werden zu privilegierten Zeugen von

Lebensabschnitten, die zuvor vor außer Sichtweite waren.

Eine höchst merkwürdige Indiskretion meinerseits, in der Tat.

Ich gestehe ihn.

In Zukunft werden Sie die Menschen, denen Sie auf Ihrer Route begegnen, nicht mehr auf dieselbe Weise sehen.

Wenn das der Fall ist, wird mein Glück vollkommen sein.

Es war mir eine unendliche Freude, Sie einzuladen, mir bei diesen imaginären Begegnungen zur Seite zu stehen, die sicherlich viele Fragen aufgeworfen haben, auf die uns Ihre Weisheit die entsprechenden Antworten geben wird und der uns sicherlich eine eine Lektion fürs Leben.

Mit freundlichen Grüßen.

Nathanaël

(namah1000@gmail.com)

Ende.

Gesichter

Herausgeber: : BoD-Books on Demand, 12/14 rond point des Champs Élysées, 75008 Paris, France
Impression: BoD-Books on Demand, Norderstedt, Deutschland
ISBN : **9782322270781**
Gesetzliche Hinterlegung : Dezember, 2020

Gesichter